LA HABITACIÓN
DE MAURICIO

PAULA FOX
Premio Andersen 1978

LA HABITACIÓN
DE MAURICIO

Traducción de Luisa Prieto Álvarez

EDITORIAL NOGUER, S.A.
Barcelona-Madrid

Título original:
Maurice's room

© Paula Fox 1966
© 1966 Macmillan Publishing Co., Inc.
   by arrengement with Lescher & Lescher, Ltd.
© Editorial Noguer, S.A., 1991
   Paseo de Gracia, 96, Barcelona
Reservados todos los derechos
ISBN: 84-279-3457-2

Primera edición: octubre 1991

Traducción de Luisa Prieto Álvarez
Ilustraciones de Ingrid Fetz
con permiso de Macmillan Publishing Company
Impreso en España - Printed in Spain
Gráficas Ródano, S.A., Viladecans
Depósito Legal: B-26515-1991

Para Gabe

LA COLECCIÓN

La habitación de Mauricio medía seis pasos en una dirección y cinco en la otra. La distancia entre el suelo y el techo era tres veces la estatura de Mauricio. Había una ventana desde la cual Mauricio podía ver otras ventanas y un trozo de cielo. Del centro del techo colgaba una cuerda larga, como las que se usan para amarrar los sacos de la ropa

sucia. Al final de la cuerda estaba atado un pulpo disecado. Era la última adquisición de Mauricio para su colección. Cuando su padre o su madre entraban en su habitación −lo que no era muy frecuente− el pulpo se balanceaba ligeramente de atrás a adelante por la corriente de aire.

Mauricio había utilizado una escalera para subirse hasta arriba y poder clavar la cuerda en el techo. La escalera todavía estaba apoyada en la pared en lugar de devolvérsela al señor Klenk, el portero de su casa, de quien la había tomado prestada, Mauricio utilizaba los peldaños como estantes, pues aunque su padre, el señor Henry, había colocado una docena de estanterías en la habitación, éstas no eran suficientes para todas las cosas de Mauricio.

Mauricio sabía cómo andar por su habitación sin pisar nada, y también lo sabía su amigo Jacobo, pero nadie más.

A menudo, su madre y su padre contaban a los invitados que era asombrosa la cantidad de basura que una persona podía encontrar en una sola manzana de la ciudad; la madre decía que su zona se mantenía limpia porque Mauricio se llevaba todas las cosas de la calle a su habitación; el padre decía que Mauricio debería de recibir un salario del Departamento de Sanidad por el trabajo que hacía limpiando la ciudad. Al menos una vez al mes el señor y la señora Henry hablaban de trasladarse al campo. Sería mucho mejor para Mauricio, decían. Pero luego decidían esperar un poco más.

Algunos invitados comentaban que colecciones como la de Mauricio demostraban que el niño llegaría a ser un gran científico. Muchos de los grandes científicos habían coleccionado basura cuando tenían ocho años. Otros invitados decían que Mauricio superaría su propia colección y llegaría a interesarse por otras cosas, como monedas o armas. Otros sugerían a los Henry que compraran un perro a Mauricio, o que le matricularan en el conservatorio para que emplease mejor su tiempo.

En su habitación, Mauricio tenía un bote de escarabajos muertos, un montón polvoriento de polillas blancas dentro de una taza sin asa, una piel de ardilla clavada en una tabla, una piel de culebra en una percha de alambre, el rabo de un mapache, un vaso con huevos de camarón, un plato con gusanos polvorientos y una caja con comida para tortugas.

Había cosas con las que podía hacer otras cosas, como clavos de diferentes tamaños, tornillos, alambre, trozos de madera, enchufes, filamentos de bombillas, cartón de las cajas de la tienda de comestibles, dos cestos de naranjas, un serrucho y un martillo. En lo alto de una cómoda, Mauricio guardaba piedras y chinas, bolas de alquitrán secas, fragmentos de ladrillos, trozos de cristal de botellas de colores y rocas grises que brillaban por la mica.

En la repisa de la ventana había un montón de musgo seco, cerca del cuenco de la tortuga, donde varias salamandras vivían medio escondidas entre el barro y la hierba húmeda. En la misma repisa tenía algunas plantas. Parecían muertas. De vez en cuando un cactus echaba una nueva ramita.

En otro cuenco, sobre la mesa, cubierto con un hule amarillo, había cuatro tortugas pintadas que se escondían lentamente dentro de la concha, y en una esquina, dentro de una pecera cuadrada cubierta con alambre, vivían una culebrilla y un lagarto. Un viejo hámster, en su jaula, dormía o llenaba sus carrillos de zanahorias secas o corría sobre su rueda. La rueda, que necesitaba que la engrasaran, rechinaba toda la noche, momento que el hámster prefería para el juego. Pero el ruido no mantenía despierto a Mauricio, sólo a sus padres. En un bote de conservas, una araña de jardín estaba sentada sobre una ramita en forma de horca, con su saco de huevos justo debajo de ella. Mauricio también tenía un pájaro. Era un petirrojo tuerto y para colmo incapaz de encontrar la comida por sí solo.

En el suelo había botes de café con cosas dentro, un batidor de huevos al que faltaba una pieza, un montón de estrellas de mar muertas, cajetillas de tabaco vacías, maquinarias de relojes, bisagras y un rallador muy ancho con dientes afilados en sus cuatro lados. El

rallador era de color naranja, estaba oxidado y se hallaba justo en medio de la
habitación, debajo del pulpo. Se necesi-
taban unas gafas de aumento para ver
todas las cosas que Mauricio había en-
contrado.

Su cama tenía dos mantas y una almohada sin funda. De vez en cuando una pequeña pluma de ganso se salía a través de la tela y Mauricio la guardaba en un sobre. Había utilizado ya dos fundas de almohadas para sus expediciones callejeras, después de lo cual su madre no le dio ninguna más.

En la habitación de Mauricio había una esquina ordenada. Era donde había reunido sus regalos de Navidad. Llevaban allí más de un mes y el polvo los cubría por igual. Se trataba de muebles o accesorios de baño y Mauricio consideraba que no servían para mucho.

RECÓGELO TODO DEL SUELO

Era finales de enero y Mauricio acababa de llegar de la escuela. Puso sus libros sobre la cama y fue a ver qué estaba haciendo la culebrilla. Estaba tumbada en su roca. El lagarto la observaba. El petirrojo permanecía tan quieto que parecía disecado; pero levantó la cabeza cuando Mauricio le silbó. El hámster estaba escondiendo pedacitos de zanahoria entre el serrín, en el fondo de su jaula. Las salamandras se habían ocultado en el barro. Mauricio preparaba montoncitos de comida para sus animales cuando oyó la voz de su tío, abajo, en el vestíbulo.

—Lily —le decía a su madre—, ¡deberías dinamitar esa habitación!

—Tiene que haber otra solución —decía ella.

—Es mejor que desistas —prosiguió su tío—. Mauricio nunca la limpiará.

—Si nosotros viviésemos en el campo sería distinto —dijo su madre.

—Quizá —concluyó su tío.

Mauricio se sacó dos nueces del bolsillo y las cascó. Su madre apareció en el umbral de la puerta.

—Recógelo todo del suelo —dijo en voz baja y serena, como si estuviera contando vagones de mercancía en movimiento.

—¿Y dónde pongo las cosas?

—Me da igual —dijo— ¡Pero despeja el suelo! Si no, traeré la escoba, el recogedor y una caja grande y... ¡Sanseacabó!

Sonó el timbre. Era Jacobo.

—Jacobo te puede ayudar —dijo su madre.

Jacobo tenía siete años pero parecía mayor que Mauricio porque llevaba mucha ropa: bufandas, manoplas, jerseys, dos gorros y algunos pares de calcetines. Empezó a quitarse la ropa de abrigo, dejando cada prenda en un montón a sus pies. Mientras tanto, Mauricio le explicaba la situación.

—¿Qué vamos a hacer? —preguntó Jacobo.

Mauricio miró la cómoda. Las chinas y las piedras estaban en el suelo y ahora la cómoda estaba llena de cajas de galletas. Miró la mesa. Casi no se veía el hule amarillo pues estaba tapado por los materiales empleados en una careta de bruja que él y Jacobo habían empezado a hacer una semana antes. Las tortugas estaban junto a las salamandras, en el alféizar.

—Hay cinco suelos más en esta habitación si cuentas las paredes y el techo —le dijo Mauricio a Jacobo. Jacobo parecía menor y más delgado ahora que estaba en camisa y pantalones.

—Ya veo —dijo Jacobo.

—Tendremos que pedir ayuda al señor Klenk —dijo Mauricio.

Jacobo empezó a clasificar clavos. De repente se paró:

—¡Nosotros no vamos a poder hacer esto solos! ¿Cómo vamos a ser capaces de terminarlo todo en un solo día?

—El señor Klenk sabrá cómo hacerlo —dijo Mauricio.

EL PORTERO

El señor Klenk, el portero, vivía en el bajo, cinco pisos más abajo. En su casa olía a fregonas húmedas, cemento mojado, cañerías y a relleno de muebles viejos. Pero estaba limpio. El señor Klenk le había contado a Mauricio que no podía despistarse ni un solo segundo porque de lo contrario se ahogaría con

toda la basura que arrojaban los vecinos.

—¡Abrumador! —exclamaba a menudo el señor Klenk.

—Es como una carrera entre la basura y yo —añadía.

—Si la dejo me tomará ventaja y me echará de la ciudad. —Pero el señor Klenk no parecía pensar lo mismo de la colección de Mauricio.

—Bueno, tú eres selectivo, muchacho —le había dicho una vez a Mauricio dándole un caramelo—. Además, sospecho que para todas esas cosas tuyas debes de tener algo en la cabeza.

Los dos niños llamaron al timbre del portero. El señor Klenk abrió la puerta, levantando una nube de humo del puro que fumaba.

—Tengo que recoger todo lo del suelo —dijo Mauricio—. ¿Podría ayudarnos un poco?

—¿Qué has pensado?

—Hay mucho espacio en las paredes —dijo Mauricio.

El señor Klenk bajó la cabeza y dio una calada a su puro.

—Ya lo sé —dijo—. Pero aún no me has devuelto la escalera.

—Se le olvidó —dijo tímidamente Jacobo. El señor Klenk miró atentamente a través del humo. Jacobo retrocedió. El portero del edificio donde vivía

Jacobo se pasaba el día sentado en un gran baúl abollado esperando sorprender (de eso estaba seguro Jacobo) a alguno de los niños que correteaban por allí cerca.

—¿Puede venir ahora? —preguntó Mauricio.

—Vamos —contestó el señor Klenk.

Cuando llegaron a la habitación de Mauricio, el señor Klenk se detuvo en la puerta.

—¿Cómo se supone que tengo que entrar ahí? —preguntó.

Jacobo despejó el camino para él. Mauricio quitó todas las cosas de los peldaños de la escalera y en pocos minutos el señor Klenk estaba trabajando.

Mauricio eligió primero la estrella de mar. Se la dio a Jacobo y él la alzó hasta el señor Klenk, que estaba subido en la escalera; luego siguió el rallador oxidado, y en cuestión de una hora todo estaba colgado o del techo o de las paredes. Los animales no prestaban atención al hecho de estar alejados del suelo. El hámster se durmió; su jaula se balanceaba suavemente como lo haría una hamaca con una leve brisa.

Hacia las seis se percataron de las tablas del suelo. Era un buen suelo y Mauricio y Jacobo se sentaron en él.

–Ahora tenemos espacio para más cosas –dijo Mauricio.

La madre y el tío de Mauricio aparecieron en la puerta.

–¡Anda! –dijo el tío.

La señora Henry estaba pálida.

–Esto ni se me había ocurrido –dijo.

–Bueno, Lily, han despejado el suelo –dijo el tío. Miró a Mauricio.– Tengo una sorpresa –dijo–. Voy a traer a Patsy aquí para que pase una semana contigo.

Después su tío guiñó un ojo a la señora Henry.

—Ya verás —le dijo—. Patsy le quitará todo eso de la cabeza.

La madre de Mauricio parecía dudosa.

—¿Quién es Patsy? —dijo Jacobo.

—¿Quién es Patsy? —repitió el tío como asombrado—. Díselo, Mauricio.

—Un perro —dijo Mauricio—. Un perro gordo y mudo —añadió en un murmullo a Jacobo.

Después el tío de Mauricio y la señora Henry volvieron a la cocina y el señor Klenk recogió su escalera para irse. De repente pareció acordarse de algo. Le dio unas palmadas a Mauricio en el hombro.

—¿Te gustaría un oso disecado? —preguntó.

—¡Sí! —dijo encantado Mauricio.

—Un inquilino lo dejó cuando cambió de casa —dijo el señor Klenk—. Manda a alguien a por él pronto. —Inclinó la cabeza hacia Jacobo.

—Podríamos hacer un coche para él —dijo Mauricio cuando el señor Klenk se hubo marchado.

—Hay un carrito de bebé roto enfrente de mi casa —dijo Jacobo.

—Tráete las ruedas —dijo Mauricio.

Jacobo empezó a ponerse toda su ropa para irse a la calle.

—Nunca he oído que un oso tenga coche —dijo.

—¿Por qué no? —preguntó Mauricio.

LA PERRA

Mauricio y Jacobo no pudieron empezar a construir un coche para el oso al día siguiente porque Patsy llegó por la mañana temprano.

Patsy era una perra grande y mansa
con ojos pequeños, redondos y brillan-
tes. Llevaba una manta escocesa de
lana. Mauricio y ella se miraron fijamente durante unos minutos. Era casi

tan alta como él. Después ella se fue directamente a la habitación de Mauricio. Cuando volvió un minuto después traía una caja de galletas en la boca.

–¡Dame eso! –exigió Mauricio. Patsy se agachó lentamente sobre sus cuatro patas hasta que quedó tumbada en el suelo con la caja entre sus dientes.

Mauricio miró a su madre. Ella sonrió y bajó la cabeza. Miró a su padre que estaba a punto de marcharse a trabajar.

–Simpática perra –dijo su padre.

–Devuélveme eso –susurró Mauricio a Patsy.

Ella le miró fijamente. Luego volvió la cabeza de pronto. Mauricio le arrebató la caja y corrió a su cuarto con ella. Cerró la puerta y regresó a la cocina a terminarse el desayuno.

Cuando fue a ponerse los zapatos para ir al colegio, Patsy estaba sentada en el cuarto de estar, masticando un trozo de oreja de la careta de bruja. Corrió hacia ella y la agarró. Patsy se levantó y meneó la cola. Mauricio se dio cuenta de que ella estaba esperando a que él se fuera. Fingió irse hacia la puerta principal, pero de repente dio la vuelta y regresó a su habitación de puntillas. Patsy estaba allí, olfateando al hámster.

—Por favor, vete de mi habitación —dijo Mauricio. Patsy le miró de espaldas. Él la agarró por el collar y tiró. Le fue difícil arrastrar una perra tan grande. Su madre apareció por la puerta.

—No maltrates a la perra —dijo —¡Pobre Patsy!

—No la quiero en mi habitación —dijo Mauricio.

—Es tan simpática —dijo su madre. Patsy movió el rabo y se sentó a los pies de Mauricio.

—He comprobado que estaba inten-

tando comerse al hámster –dijo Mauricio.

–¡Oh! –exclamó su madre–. ¡Estás
exagerando! Ella sólo estaba curio-
seando. Probablemente echa de menos
a tu tío.

Mauricio miró hacia un agujero re-
dondo que había en su puerta, cerca del

tirador, de donde él y Jacobo habían extraído la cerradura y el picaporte unos meses antes.

—¿Podríamos poner de nuevo la cerradura? —preguntó.

—Ahora no —dijo la señora Henry—. Ahora vete al colegio. ¡Vas a llegar tarde!

Después de su clase de aritmética, Mauricio pidió permiso al profesor para ir a la oficina del director. La secretaria le dijo que podría utilizar el teléfono durante dos minutos.

—Hola —dijo la madre de Mauricio.

—¿Estás dentro? —preguntó Mauricio.

—¿Quién? —preguntó la señora Henry.

—Pon el pulpo más alto —dijo Mauricio.

—¡Oh, Mauricio! —dijo la señora Henry—. ¡Como si no tuviera ya bastante que hacer!, ¡Patsy no quiere tu pulpo!

Mauricio miró el reloj.

—¿Puedes atarla a algo? —preguntó Mauricio.

—Deja de enredar —dijo la señora Henry.

Después del colegio Mauricio corrió durante todo el camino de vuelta a casa. Estaba sin aliento cuando llegó a la puerta principal.

Patsy se encontraba tumbada y dormida en el cuarto de estar. Todas las cosas de Mauricio estaban alrededor de ella como si fuera una fortaleza. Su cabeza descansaba sobre la cola del mapache.

A Mauricio le llevó una hora recogerlo todo. Patsy le observaba desde la puerta.

—¡Ladrona! —le dijo. Ella movía el rabo.

Al día siguiente Mauricio no se sentía muy bien. Su madre le dijo que podía quedarse en casa siempre que permaneciera en cama.

—Nada de paseos por ahí con los pies descalzos —dijo.

Mauricio estaba contento de estar en su habitación. Observaba como Patsy paseaba de un lado a otro tras su puerta. Cuando intentaba entrar él le gritaba:

—¡No, tú no!

Esa tarde oyó a su madre hablando por teléfono con su tío.

—Mauricio y Patsy son inseparables —decía—. Tenías mucha razón. Tenemos que conseguir un perro para él.

—Una semana entera —se dijo Mauricio. Y empezó a sentirse realmente enfermo. De repente Patsy se precipitó sobre la cómoda y puso una zarpa sobre un tirador.

—¡Fuera! —gritó Mauricio, poniéndose de pie en medio de la cama con las mantas alrededor. Patsy salió corriendo de la habitación, pero fue rápidamente a sentarse junto a la puerta.

Al día siguiente Mauricio se sentía de nuevo enfermo. Su madre le tomó la temperatura. No tenía fiebre. Su garganta no estaba enrojecida, pero sus ojos parecían fatigados. El cansancio sería de haber estado la mitad de la noche observando a Patsy en la oscuridad. Pero la perra se había dormido antes que Mauricio y sólo había podido robarle una cosa de su habitación.

—Creo que deberías ir al colegio —dijo la señora Henry.

—¡No! —dijo Mauricio, arrodillándose sobre la cama.

—¡Por Dios! No tienes que arrodillarte —dijo su madre—. ¿Qué es lo que te pasa?

La señora Henry llamó al señor Henry.

—Creo que está empezando a tener fobia al colegio. —Mauricio oyó lo que le decía a su padre cuando estaban en el vestíbulo, fuera ya de su habitación.

En ese momento Patsy entró corriendo, brincó sobre la cama, agarró una manta y se la llevó. Mauricio saltó al suelo y corrió tras ella. Ambos entraron ruidosamente en la habitación del padre de Mauricio.

—¡Si no dejas de jugar con Patsy tendré que mandarla a su casa! —dijo el señor Henry.

Después de esto todo fue más fácil. Mauricio jugaba con Patsy siempre que podía y pronto vino su tío a llevársela. Vistió a Patsy con su manta escocesa, la agarró por su correa, se puso el sombrero y se fue.

—¿Ves? —dijo el padre de Mauricio.

Mauricio asintió con la cabeza.

EL OSO

Un sábado por la mañana, pocas semanas después de que Patsy se hubiera marchado, Mauricio se despertó a las seis. Su ventana estaba empañada porque llovía con fuerza. El hámster se movía en su jaula.

—Te has levantado muy temprano —dijo Mauricio.

El petirrojo levantó despacio un ala y abrió su ojo bueno. Mauricio fue a la

cocina y se hizo un bocadillo de mermelada de uva. Se sentía bien comiendo el bocadillo y andando por el vestíbulo tan temprano. Nadie más estaba despierto. Le dio una corteza de pan al petirrojo y otra al hámster. Después se vistió.

Al poco rato alguien llamó suavemente a la puerta principal. Era Jacobo, que siempre llegaba temprano los sábados por la mañana y normalmente traía algo. Ese día cargaba con una bolsa de papel.

—¿Quieres un bocadillo de mermelada? —preguntó Mauricio.

Jacobo asintió. Después le enseñó a Mauricio lo que traía en la bolsa.

—¿Qué es esto? —preguntó Mauricio.

—Creo que es para pesar cosas. Lo encontré en la calle dentro de una caja —dijo Jacobo mostrando una pequeña báscula blanca. La pintura estaba desgastada y cuando Mauricio presionó la plataforma con su mano la aguja del marcador se movió de un lado a otro.

—Tu brazo pesa tres kilos —dijo Jacobo.

La madre de Mauricio pasó cerca bostezando. Echó un vistazo a la habitación.

—Buenos días, niños —dijo.

—Mi brazo pesa mucho —dijo Mauricio.

—Eso es bueno —dijo la madre de Mauricio; bostezó de nuevo y se fue.

—Se me ha olvidado decirte —dijo Jacobo— que el señor Klenk dijo que fuéramos a recoger el oso.

Mauricio puso la báscula sobre su cama. Luego ambos corrieron hacia la puerta principal y bajaron los cinco pisos hasta el cuarto del señor Klenk, en el bajo. El señor Klenk estaba soplando el café demasiado caliente de su taza, que sostenía con una mano. En la otra tenía todavía la escoba.

—Parece que apenas tengo tiempo para un café —dijo el señor Klenk—. Me alegro de librarme de este oso.

Los dejó en la puerta, asomados a su habitación. Había tanto humo de tabaco en el aire que apenas se veían los muebles. El señor Klenk volvió en un minuto, empujando al oso. Los pies del oso estaban atados a unos patines. Era tan alto como Jacobo.

—Aquí está —dijo el señor Klenk—.

¿Podrás con él? Pesa más de lo que parece.

Jacobo y Mauricio se miraron. El oso estaba gordo. Tenía el pelo negro. Las garras delanteras sobresalían rectas por delante de él. Las uñas tenían distintas longitudes y algunas de ellas apuntaban hacia arriba, como si el oso hubiera estado empujando una pared.

—¿Por qué lleva patines? —preguntó Mauricio.

—Venía así —dijo el señor Klenk.

—Parece cansado —dijo Jacobo.

—Ha hecho un largo viaje por mar, desde Sudamérica.

Mauricio tiraba y Jacobo empujaba, y así subieron al oso por las escaleras hasta la puerta principal de Mauricio, y entraron. Gracias a los patines el oso se movía fácilmente por el suelo, pero había costado gran trabajo subirlo por las escaleras porque resbalaba.

—Creo que es mejor que esperemos

un rato antes de enseñárselo a mis padres —dijo Mauricio—. No les gustan las sorpresas.

—A los míos tampoco —dijo Jacobo—. Mauricio, ¿por qué no le ponemos mi gorro y mi abrigo al oso? ¿Quizá crean que soy yo si lo empujamos deprisa por el vestíbulo?

Jacobo fue a por su ropa de calle. Vistieron al oso, le pusieron el gorro de Jacobo hasta taparle casi el hocico y luego le empujaron corriendo hacia la entrada. Al pasar por la habitación de sus padres, el padre de Mauricio asomó la cabeza por la puerta.

—¿Qué es eso? —preguntó el señor Henry con voz soñolienta.

—¡Jacobo! —dijo Mauricio.

—¡Mauricio! —dijo Jacobo.

El señor Henry regresó a la cama.

—No debes patinar dentro de casa —dijo.

Al final pusieron al oso en una esquina de la habitación de Mauricio.

—El oso tiene un olor raro —dijo Jacobo.

—Tienes razón —dijo Mauricio—. Pero nos tendremos que acostumbrar.

Le quitaron al oso la ropa de Jacobo. Después se quedaron de pie mirándole. Era un placer tener un animal con ellos en la habitación, aunque fuera disecado.

—¡Mauricio! —llamó el señor Henry–. Ven a tomarte el zumo de manzana.

–Tendremos que esconderlo y un día que estén de buenas les diré que tengo un oso –dijo Mauricio.

–¿Podríamos esconderlo debajo de la cama durante un rato? –preguntó Jacobo.

–No –dijo Mauricio–. No cabrá. Pero espera un minuto.

Mauricio abrió la puerta de su armario y sacó un montón de ropa. Muy pronto encontró lo que quería. Era un traje de pingüino.

Empezaron a vestir al oso. Tuvieron que hacer agujeros en los pies para que el traje encajara en los patines del oso. Luego se lo abrocharon por delante y pusieron al oso entre la mesa y la ventana. No quedaba nada a la vista excepto las grandes zarpas.

Fueron a la cocina y tomaron zumo de manzana y bollos.

PATSY DE NUEVO

Al día siguiente, que era domingo, el tío de Mauricio venía de visita. Cuando Mauricio se enteró de que Patsy iba con él se fue a su habitación y empezó a apilar cosas detrás de la puerta.

El padre de Mauricio llamó y Mauricio abrió algo la puerta.

—Mauricio —dijo—, tienes que lim-

piar la jaula del hámster; sale un olor
muy fuerte de tu habitación.

    —De acuerdo —dijo Mauricio—.
Ahora mismo lo haré.

    Miró al oso con su traje de pingüino.

    —Me gustaría saber si podría rociarte
con colonia —dijo.

Después buscó un trozo de cuerda y ató un extremo alrededor del cuello del oso y el otro al cabezal de su cama. Pensó que si alguien entraba sacaría al oso por la ventana y tiraría de él hacia dentro cuando no hubiera moros en la costa.

Unos minutos más tarde oyó cómo su madre abría la puerta principal a su tío.

—Hola, Lily, ¿cómo estás?

—Bien, ¿y tú?

—Bien, ¿y tu marido?

—Bien, ¿y Patsy?

—Bien.

—Bien —dijo Mauricio al hámster.

—¿Y cómo está Mauricio? —preguntó el tío.

—Bien —dijo su madre.

—Se alegrará mucho de ver a Patsy.

—Seguro que se alegrará.

Mauricio añadió sus botas al montón de cosas que había detrás de la puerta.

De repente un objeto pesado chocó contra la puerta de Mauricio desde el vestíbulo. Era Patsy. La barrera cedió y Patsy entró corriendo en la habitación, pateando, rabiando y jadeando. La culebra se deslizó debajo de su roca, al lagarto se le heló la sangre, el hámster se escondió en su serrín y el pájaro cerró su ojo bueno.

Patsy frenó en seco sobre sus pasos. Mauricio se levantó lentamente de donde había estado agachado, cerca de su cama. Patsy alzó la nariz. Estaba olfateando. Deslizó indecisa una pata delantera, luego la otra. Mauricio se abalanzó sobre el oso con los brazos extendidos.

—¡No pongas la mano sobre este oso! —gritó.

Era demasiado tarde. Patsy saltó. Aterrizó sobre el oso. Las ocho ruedas de los patines dieron vueltas por el aire.

Patsy se sentó sobre el oso y empezó a la-
drar. Mauricio pudo oír a su madre, a su
padre y a su tío corriendo por el vestíbulo.

Se precipitó hacia la ventana, la
abrió bruscamente y dejó las tortugas en
el suelo. Agarró una manta de su cama y
la lanzó sobre Patsy, que cayó enredada

con el oso. En un instante Mauricio tenía al oso sobre sus patines en la repisa
de la ventana. Le dio un empujón para
hacerle salir por la ventana, con la
cuerda arrastrando tras él.

El señor Klenk, que estaba abajo
barriendo el patio y silbando suavemente para sí, oyó el zumbido de unos
patines girando y miró hacia arriba.

—¡Oh, dioses! —gritó —un pingüino
gigante.

LAS CLASES DE TROMPETA

—Hoy vas a empezar tus clases de trompeta —dijo la señora Henry, tendiéndole un estuche negro que a Mauricio le recordó la cabeza de un cocodrilo. Mauricio lo puso encima de su cama y lo abrió. La trompeta relucía: veía su rostro reflejado en ella.

Miró por la ventana. Caía un lluvia ligera, una lluvia de marzo que debía ser cálida. Era exactamente la clase de sába-

dos que a Mauricio y a Jacobo les gustaba pasar buscando nuevas cosas para la colección.

−Tendrás que irte muy pronto −dijo la señora Henry mientras regresaba a la cocina a terminar su taza de café. Mauricio sacó a la culebra de la jaula. La culebra se enrolló alrededor de su muñeca. Era de un color verde oscuro y bastante pequeña.

–Tu problema es que apenas tienes aficiones –le dijo a la culebra. Luego la colocó de nuevo en su jaula y tiró del alambre de arriba. Después se puso una chaqueta ligera.

Cuando llegó a la puerta de la calle su madre le dijo:

–Un momento. ¿No te olvidas algo? –Sostenía el estuche de la trompeta–. ¡Mauricio, está lloviendo! Ponte las botas de agua y una chaqueta que abrigue más.

–Mauricio, tienes que aprender a ser más responsable –dijo su padre, que estaba de pie al otro lado del vestíbulo comiendo un trozo de tostada de pan integral.

Mauricio volvió a su habitación, buscó en el armario y encontró una de sus botas y otra de Jacobo. Deseó haber nacido con un par de zapatos y un traje completo.

Jacobo estaba esperándole enfrente de su casa.

—¿De verdad empiezas las clases hoy? —preguntó.

—Sí —dijo Mauricio. Como él había supuesto, era una lluvia cálida de primavera.

—¿Tendrás que ir todos los sábados por la mañana?

—Durante seis semanas —dijo Mauricio—. Luego ya verán.

—¿Ver, qué? —preguntó Jacobo.

—Si tengo nuevas aficiones.

En el camino hacia la escuela de música donde Mauricio recibía sus clases, pasaron por un gran descampado lleno de chatarra. Un letrero colgaba del alambrado que rodeaba el campo: «Piezas de automóviles». Un hombre con sombrero andaba alrededor del montón de parachoques y neumáticos y carrocerías de coches. De vez en cuando daba

una patada a algún viejo guardabarros.

—¿Por qué no me esperas ahí dentro? —sugirió Mauricio—. Quizá encuentres algo bueno. —El hombre del sombrero entró en una caseta no más grande que una cabina telefónica. Tenía una ventanita. Mauricio pudo ver al hombre entreteniéndose con una radio.

—Quizá me eche —dijo Jacobo mirando hacia el hombre.

—Me quedaré un minuto —dijo Mauricio.

Anduvieron hacia la parte de atrás del solar. El hombre miraba por la ventana pero parecía no verlos. Masticaba un palillo de dientes y seguía sintonizando la radio. Justo detrás de la caseta, Mauricio y Jacobo pudieron ver el largo brazo de una grúa.

—¡Mira eso! —dijo Mauricio señalando a una pirámide de piezas de coches. Del montón sobresalían tapacubos, guardabarros, neumáticos, correas de ventilador, chapas de radiadores, tubos, marcos de ventanas, volantes y, en lo más alto, sobre la capota de un coche, un par de faros que parecían casi nuevos.

—Podríamos utilizar esos faros —dijo Mauricio.

Jacobo miró de nuevo hacia la caseta.

—No nos los dará —dijo.

—Quizá quiera hacer un trato —dijo Mauricio.

—¿Qué podríamos negociar? —preguntó Jacobo.

—Pensaremos en algo —contestó Mauricio—. Pero primero tenemos que ver esos faros.

—¿Cómo los cogeremos? —preguntó Jacobo.

—Escalando —dijo Mauricio—. ¿Ves todos los sitios donde puedes poner los pies?

—¿Yo? —preguntó Jacobo.

—Creo que puedes hacerlo mejor. Yo peso más. Si lo intentara se podría venir todo abajo —dijo Mauricio.

—¿Vas a preguntarle primero si nos lo permite? —preguntó Jacobo.

—Aún no nos ha visto —dijo Mauricio.

Jacobo puso su pie derecho en el aro de un neumático, luego se agarró y quedó colgado de un parachoques que estaba encima de él, y apoyó su pie iz-

quierdo en otro
neumático. Lenta-
mente escaló ha-
cia la cima utili-
zando los neumá-
ticos como pel-
daños.

De repente se oyó un gran ruido de metal, luego golpes, gritos y un gran estallido. Cuando se aclaró el polvo, Mauricio vio a Jacobo casi en la cima de la pirámide, tendido sobre la capota de un coche de color plata, agarrándose a sus lados.

El hombre salió corriendo de la caseta. Cuando vio a Jacobo arrojó el sombrero al suelo.

—¿Qué significa esto? —gritó.

—Nos gustaría hacer un trato —dijo Mauricio.

—¿Trato? ¿En una hora como ésta? —gritó el hombre— ¡Fuera de mi propiedad!

—¡Socorro! —dijo Jacobo con voz débil.

—¿Cómo lo bajaremos? —preguntó Mauricio.

El hombre recogió su sombrero y se lo puso de nuevo en la cabeza.

—¿Puede volar? —gruñó; luego dio la vuelta y se fue a la grúa. Saltó al asiento y comenzó a tocar furiosamente los mandos.

—No te preocupes —le dijo Mauricio a Jacobo—. Va a bajarte.

Jacobo no contestó. Ya no tenía miedo y le gustaba mucho estar tan lejos del suelo.

Hubo un rechinar de marchas y un estruendo enloquecido mientras el hombre maniobraba la grúa.

—¡Quítate! —gritó el hombre a Mauricio.

Mauricio corrió hacia la caseta y vio cómo al final del brazo de la grúa la pinza bajaba sus dientes, luego sujetaba la capota donde Jacobo estaba tumbado; la apretó y la levantó lentamente como si fuera un plato. Varios neumáticos removidos por la grúa rodaron hacia el suelo.

—Bueno, levántate —dijo Mauricio a

Jacobo. Jacobo estaba adormilado. Se sacudió un poco y se levantó.

—¿Cómo te fue? —preguntó Mauricio.

—Bien —dijo Jacobo.

El hombre saltó de la grúa, agarró un neumático y le dio una patada tan fuerte que rodó hasta el montón. Luego fue hacia ellos.

Mauricio y Jacobo corrieron hacia la puerta. Pero Mauricio se detuvo de repente y se precipitó hacia la caseta, donde había dejado la trompeta encima de la radio.

—Llego tarde a mi clase de música —le dijo a Jacobo.

Mientras, el hombre gritaba tras ellos:

—¡Tengo un amigo en la policía!

De vuelta a casa, Jacobo preguntó:

—¿Qué dirán tu padre y tu madre?

—¡De todo! —dijo Mauricio.

UN REGALO DE CUMPLEAÑOS

A las pocas semanas, el señor y la señora Henry dejaron de mencionar la trompeta. Después de aquello, siempre que por casualidad Mauricio les escuchaba, hablaban de trasladarse al campo.

–Nos tendremos que trasladar de todas formas, al paso que va Mauricio –dijo la señora Henry–. Si pone una cosa más en su habitación, no tendrá sitio donde estar.

Pero el señor Henry quería esperar.

Una mañana, a finales de abril, la señora Henry le llevó a Mauricio un vaso de zumo de naranja fresco en una pequeña bandeja. Había un letrero apoyado en el vaso. Decía: «Feliz cumpleaños, Mauricio». Ella no pudo entrar en su habitación, así que Mauricio se levantó de la cama y fue hasta la puerta para recoger la bandeja.

Jacobo vino al mediodía y tuvieron una comida de cumpleaños. Mauricio sopló las nueve velas pero olvidó el deseo. Después, el señor y la señora Henry trajeron una caja grande.

Mauricio miró dentro. Había un barco de vela de un metro de largo. El aparejo estaba hecho de cuerda. Las velas eran de lona, los carretes giraban y las escotillas se podían quitar y poner. Tenía dos mástiles.

—Es un queche —dijo el padre de

Mauricio, que estaba sentado en el suelo cerca de él–. ¡Mira esas cuerdas! ¡Vaya barco!

–¿Navegará realmente? –preguntó Jacobo.

–Por supuesto –dijo el señor Henry.

–¿Podemos llevarlo al lago ahora mismo? –preguntó Mauricio.

–Sí –dijo la señora Henry–. Pero ten mucho cuidado, mucho cuidado con él.

La madre de Mauricio sonrió.

–Es agradable verte tan interesado en algo –le dijo a Mauricio.

Los dos niños llevaron el barco al parque. Dejaron sus chaquetas en la hierba y se sentaron en el bordillo de cemento que rodeaba el lago. Después izaron las velas.

Soplaba un viento fresco. Mauricio y Jacobo metieron el barco en el agua. Instantáneamente se dirigió hacia el centro del lago, sus velas hinchadas de

viento. Los niños corrieron hacia el otro
lado, pero Jacobo se paró de repente.
Tenía el pelo encrespado por el aire.

—¿Qué pasa? —gritó Mauricio.

—¡Mira! —dijo Jacobo señalando hacia el agua. A cosa de un metro de la ori-
lla, algo brillaba mientras la brisa levantaba el agua en pequeñas olas.

—Un somier —dijo Mauricio.

—¿Cómo podemos sacarlo? —preguntó Jacobo.

Mauricio se sentó en el suelo y se quitó los zapatos y los calcetines. Y Jacobo avanzó tras él con los zapatos puestos. Los muelles del somier eran pesados; había hierbajos entre ellos.

Lo arrastraron hasta la hierba. Mauricio se puso los zapatos y los calcetines y saltó sobre los muelles.

—Podemos pedirle unos alicates al señor Klenk y hacer rollos para las suelas de nuestros zapatos.

—Podemos engancharlos de modo que cuelguen de un lado a otro de la habitación —dijo Jacobo.

—Puedo ponerlos extendidos en la abertura de la puerta para que Patsy no pase —dijo Mauricio.

Cargaron con el somier y se fueron para casa. Los zapatos calados de Jacobo rechinaban.

De pronto Mauricio se detuvo.

—Olvidamos algo —dijo.

Soltaron el somier y volvieron corriendo al lago. A otro lado estaba el barco, con su popa medio hundida en el bordillo y sus velas batiendo.

—¿Qué les vas a decir? —preguntó Jacobo mientras levantaba el barco del agua. La popa estaba aplastada y el mástil principal inclinado.

—¡Todavía no lo sé! —contestó Mauricio.

—¿Podríamos decirles que hubo una pequeña tormenta?

—No, tenemos que contarles lo que realmente pasó: que el barco se fue sin control —dijo Mauricio.

—Porque no estábamos mirando —dijo Jacobo.

Pusieron el barco encima de los muelles del somier; luego, con Mauricio sosteniendo la parte de delante del somier y Jacobo la de atrás, se fueron a casa.

En un primer momento el padre de Mauricio no dijo nada. La señora Henry le dijo a Jacobo que se marchara a su casa y se cambiase los calcetines y los zapatos húmedos; luego se fue a la cocina. Mauricio oyó el ruido de cacharros y sartenes.

—Si hubiera sabido que preferías un somier a un precioso queche de velas de tres palmos, te hubiera conseguido un somier —dijo por fin el señor Henry.

Mauricio no dijo nada.

—Vete a tu habitación y piensa sobre lo que ha ocurrido —dijo el señor Henry.

Mauricio embutió el barco de vela debajo de su cama, para así no tener que mirarlo. Puso una manta sobre el somier y se sentó encima.

Oyó a sus padres hablar el resto de la tarde. Su madre le llevó una bandeja

con la cena cuando todavía era de día.

Luego el señor Henry vino y se quedó junto a la puerta de Mauricio. Mauricio estaba todavía sentado sobre los muelles.

–Tengo algo que decirte –dijo–. Hemos decidido trasladarnos al campo tan pronto como acabe el colegio.

–¿Y cómo veré a Jacobo? –preguntó Mauricio.

–Jacobo puede tomar el autobús. No está muy lejos. Podrás tener un perro.

–¡Patsy no! –advirtió Mauricio.

–No –contestó su padre–. Pero tu tío tiene bicicleta de carreras y te la va a dar. Está un poco vieja pero todavía funciona.

–Siento lo del barco –dijo Mauricio.

–Tu madre y yo también lo sentimos –dijo el señor Henry.

Entró y se sentó al lado de Mauricio sobre el somier.

–Todavía está un poco húmedo –dijo.

Mauricio le ofreció una esquina de la manta para sentarse. No hablaron del barco de vela. De hecho no se volvió a mencionar.

UNA EXPLOSIÓN

Los Henry se trasladaron al campo al día siguiente de acabar las clases. La señora Henry le dijo a Mauricio que podría llevarse su colección si encontraba algo para empaquetarla. El señor Klenk le dio un baúl viejo y con las bisagras rotas. Jacobo trajo un trozo de cuerda para atarlo. Mauricio pudo guardarlo todo en el baúl, menos el somier. Se lo dio a Jacobo.

El camión de mudanzas se paró frente a la casa de Mauricio alrededor del mediodía. El señor Klenk, Jacobo y Mauricio estuvieron viendo cómo los transportistas cargaban los muebles en el camión.

—No entiendo cómo pueden meter todas esas cosas dentro del camión —dijo Jacobo.

—Las colocan tan juntas como un rompecabezas —dijo el señor Klenk.

Las últimas cosas que los transportistas cargaron fueron los animales de Mauricio y su baúl. Colocaron las jaulas en la parte de delante del camión. Dejaron el baúl detrás, junto a la puerta trasera.

—¿Puedo subir al camión con mis cosas? —preguntó Mauricio a su padre.

—Si están de acuerdo los transportistas... —dijo el señor Henry.

El señor Klenk se acercó a Mauricio con su puro.

—Ven a verme —dijo—. Mantendré un ojo abierto por si veo cosas interesantes para tu colección.

Jacobo no dijo adiós, pensaba visitarle al día siguiente. Agitó la mano mientras Mauricio se subía al camión.

Durante todo el camino a través de la ciudad, Mauricio pudo ver a su madre y su padre que le seguían en el oxidado jeep que habían comprado para el campo. Pero luego lo perdió de vista.

Mauricio se fue hacia delante, vadeando muebles y embalajes, cajas y cestas, para observar a sus animales. El hámster corría con su rueda, pero el petirrojo, la culebra, el lagarto y las salamandras estaban bien dormidos.

Torcieron hacia un monte y luego por un camino de tierra. Después el camión empezó a dar botes. No había casas, ni gasolineras, ni letreros, sólo verdes colinas y árboles y pájaros en los cables de teléfono. Ruinosos muros de piedra bordeaban la ladera de una colina. El sol quemaba mucho y las cortinas de lona, a cada lado de la puerta trasera del camión, se movían de delante para atrás.

De repente hubo una tremenda sacudida. Los muebles se tambalearon, las jaulas bailaron, el petirrojo chirrió y las cazuelas golpearon unas contra otras. Habían pasado por encima de un gran bache. El baúl de Mauricio se balanceó al girar en una curva, luego salió volando y se estrelló contra una roca; pareció explotar en el aire. Mauricio vio su colección diseminarse en todas direcciones, luego desapareció de su vista, colina abajo.

El camión se paró justo al llegar el jeep. El padre de Mauricio corrió hacia éste y le bajó. Luego todos fueron a mirar desde la colina. Las cosas de Mauricio estaban desperdigadas por todas partes entre rocas y hierba alta. Mauricio se sentó en la carretera.

La señora Henry se arrodilló detrás de él.

—¡Oh! —dijo Mauricio— ¿Has visto?

La señora Henry se levantó.

—¡Voló todo el baúl! —dijo Mauri-

cio– ¡Voló por el aire y explotó! ¡Qué catástrofe!

–Puedes empezar una nueva colección –dijo el señor Henry.

Pero Mauricio no le escuchó. Estaba pensando que ni siquiera las bolsas de agua, que él y Jacobo echaron una vez desde el tejado al patio, hicieron un ruido tan espantoso. Nunca había visto algo parecido.

EL GRANERO DE MAURICIO

La nueva habitación de Mauricio tenía una ventana y un techo inclinado tan bajo que el señor y la señora Henry no podían estar de pie debajo de él.

Cuando Mauricio se despertó a la mañana siguiente de la mudanza, una rama golpeaba el cristal de la ventana y había sombras en forma de hojas en el suelo. Mauricio quería saber si podía pasar desde la ventana a las ramas grandes del árbol que estaba justo ahí fuera. Más allá del árbol, Mauricio pudo ver un granero rojo. Mientras lo miraba fijamente, una bandada de pájaros voló por debajo del tejado del granero, dio una vuelta sobre el suelo y se fue.

La habitación estaba vacía, exceptuando los animales de Mauricio, la maleta y la cama. Los campos, fuera, parecían vacíos también. Tan sólo cubiertos de hierba alta. La casa estaba silenciosa.

En la cocina Mauricio encontró un paquete de galletas y un vaso de leche que no había terminado la noche anterior porque estaba muy cansado después de desempaquetarlo todo.

El padre de Mauricio entró y se sentó a la mesa. Era la misma que había estado en la habitación de Mauricio en la ciudad.

—¿Viste la bomba? —preguntó el señor Henry.

—¿Qué es eso? —preguntó Mauricio.

—De vez en cuando hay tormentas y la electricidad se va. Entonces se puede utilizar la bomba de mano para que suba el agua. Está justo detrás de la puerta.

Mauricio metió un dedo en un pequeño agujero del hule.

—¿Qué te parece el campo? —preguntó el señor Henry.

—Está bien —dijo Mauricio.

—Estás haciendo un agujero en el hule, Mauricio. ¿Por qué no te das un paseo? ¿Has estado en el granero?

Mauricio puso cuatro galletas una encima de otra.

—Jacobo estará aquí dentro de poco —dijo el señor Henry—. Puedes llevarle al arroyo.

—¿Qué hay en él? —dijo Mauricio.

—Mauricio, ¡tú sabes lo que hay en un arroyo!

Mauricio se comió media galleta. No tenía hambre.

–Te acostumbrarás –dijo el señor Henry–. Te resulta nuevo ahora, pero encontrarás muchas cosas que te interesarán.

Ante la palabra «cosas», Mauricio miró a su padre.

—No hay nada más que hierba —dijo.

—Echa una mirada en el granero —dijo el señor Henry.

Al salir, Mauricio probó la bomba. Tuvo que utilizar ambas manos; en un primer momento no pasó nada; luego un chorro de agua fría azulada se derramó sobre sus pies.

Se abrió camino aplastando las hierbas altas y los arbustos hasta el granero.

La puerta más grande estaba cerrada con candado, pero cerca de ella había una pequeña puerta medio abierta. Se coló dentro.

Oyó un fuerte crujir de alas. Durante un momento se quedó inmóvil esperando a que sus ojos se acostumbrasen a la oscuridad. Después miró hacia arriba. El tejado del granero parecía estar a muchos kilómetros por encima de él. Pequeños pájaros revoloteaban entre las vigas, de las cuales colgaban telarañas tan grandes como redes de trapecios. Tan pronto como Mauricio comenzó a andar notó un interesante olor a moho que subía del suelo. A su derecha había compartimientos de madera para animales y a su izquierda una vieja carreta para el heno. Una de sus grandes ruedas estaba caída en el suelo, la mitad cubierta de paja. Había escaleras de todos los tamaños apoyadas en las paredes, y de los postes que soportaban las altas vigas colgaba una extraordinaria variedad de objetos.

—¡Redes de pesca! —dijo Mauricio en voz alta—. Una azada, un rastrillo, un cubo, otro cubo, una caña de bambú con un sedal y tres anzuelos, un collar de

perro, ratoneras, una chaqueta de cuero, una horca, una linterna... —Había otras muchas cosas de cuero o de madera o de metal, pero no sabía qué eran.

Un rayo de sol recorría el suelo. Mauricio se dio la vuelta y vio a su padre de pie en la puerta. Heno y polvo flotaban a su alrededor.

—Tu madre se ha ido a recoger a Jacobo a la parada del autobús —dijo.

Mauricio observó varios trozos de cadena y una goma de neumático colgada de un clavo, cerca de la puerta.

—¿Te gusta el granero? —preguntó el señor Henry.

—Sí —dijo Mauricio—. Mucho.

—Ahí es donde solían guardar el heno —dijo el señor Henry señalando una plataforma encima de la carreta—. Pero no creo que nosotros vayamos a tener vacas o caballos.

En ese mismo momento Jacobo

apareció en la puerta. Traía una bolsa de papel.

—Entra y mira mi granero —dijo Mauricio.

Jacobo entró.

—¿Qué hay en la bolsa? —preguntó Mauricio.

—Buñuelos de mermelada y una llave inglesa que me dio el señor Klenk para ti.

Mauricio sacudió el heno del borde de la rueda de la carreta y se sentaron a comer los buñuelos.

—Tu madre me dijo que había un arroyo donde podríamos pescar —dijo Jacobo.

—Todavía no —dijo Mauricio—. Tenemos que arreglar este granero. Tenemos que ver qué hay en él. Podemos reparar cosas, como esta rueda. La pomdremos de nuevo en la carreta. Después, cuando tengamos mucho calor, podemos ir al arroyo. Lo pasaremos muy bien.

—¿Qué hacemos primero? —preguntó Jacobo.

—Primero tenemos que averiguar qué es cada cosa —dijo Mauricio.

—¿Por qué? —preguntó Jacobo.

—Porque así es como se empieza —contestó Mauricio— ¿De acuerdo?

—De acuerdo —dijo Jacobo.

ÍNDICE

La colección 6

Recógelo todo del suelo 15

El portero 20

La perra 28

El oso 38

Patsy de nuevo 46

Las clases de trompeta 52

Un regalo de cumpleaños 64

Una explosión 73

El granero de Mauricio 79

OTROS TÍTULOS
DE LA COLECCIÓN MUNDO MÁGICO

100. Patricia MacLachlan
SARAH, SENCILLA Y ALTA

Caleb no recuerda a mamá, que murió un día después de que él naciera. Pero su hermana mayor, Anna, dice que papá y mamá solían cantar todos los días. Ahora, papá ya no canta. Papá pone un anuncio en el periódico pidiendo una esposa y recibe la respuesta de una mujer llamada Sarah, que vive en Maine. Caleb quiere saber si Sarah ronca. Anna quiere saber si Sarah podrá hacerle trenzas y si sabe hacer guisos —y lo más importante— si canta.
Sarah escribe: «Llegaré en tren. Llevaré un sombrero amarillo. Soy sencilla y alta». Y Caleb, Anna y papá la esperan.
Patricia MacLachlan construye un relato precioso, escrito con sencillez, con las palabras precisas y un estilo muy depurado.

101. Ingrid Uebe
EL OSITO BERREÓN

Érase una vez un osito que berreaba por cualquier cosa. Una noche sus padres se fueron a casa de la señora Ardilla y el osito se quedó solo. Pronto sintió un miedo terrible y decidió ir en busca de sus papás. A medianoche se adentró, pues, en la oscuridad del bosque y vivió escalofriantes y emocionantes aventuras, ya que estuvo a punto de ser devorado por una astuta zorra, aunque también conoció a unos simpáticos cachorros de león y a varios animales más que formarán parte de esta interesante experiencia.
Ingrid Uebe sabe mezclar con acierto la fantasía y la intriga en esta fábula sobre el miedo que los niños pequeños sienten al quedarse solos o creerse perdidos.

102. Regina Horstmann-Neun
DONGEL, EL BURRITO

En Egipto, el burrito Dongel es maltratado por su amo que le
pega y le hace trabajar sin descanso. Sin embargo, en una
ocasión, aprovechando un descuido de su amo, Dongel se
escapa y emprenderá una incansable huida por los campos.
Vivirá entonces interesantes aventuras hasta que un día conoce a Ahmed, un muchacho que se hace amigo suyo. Pero
cuando todo parecía estar en calma, la presencia de su amo
cambiará las cosas. ¿Qué le pasará al pobre burrito si cae en
manos de su terrible dueño?
Regina Horstmann-Neun, a la manera de las fábulas tradicio-
nales —el malo es castigado, el bueno recompensado— escribe esta sencilla y agradable historia para primeros lectores
sobre la relación niño/animal, sin necesidad de caer en el vicio
común de los animales parlantes.

103. Nanata Mawatani
EL PEQUEÑO GUERRERO Y
EL CABALLO DE HIERRO

Pequeño guerrero, hijo del jefe de una tribu de pieles rojas,
se da cuenta de que su padre está preocupado por la llegada
al valle de Caballo de hierro. Los hombres blancos preparan
el terreno a esta temida fiera que echa humo y se desliza por
unos raíles. Los indios no entienden nada, pero sólo saben
que tienen que abandonar sus tierras e irse a vivir a un lugar
donde haya paz y tranquilidad. Pequeño guerrero se pregun-
tará entonces por qué el Gran Espíritu permite que los hombres blancos estropeen la naturaleza. Sin embargo, no encuen-
tra respuesta a todo eso.
Nanata Mawatani resuelve con gran acierto la dificultad de
presentar a los pequeños lectores las posibles injusticias que
acarreó la nueva civilización sobre las tribus indias.

104. Boy Lornsen
TÍA YESKA

Como mamá y papá no tienen hermanos, Fabián no puede tener tías ni tíos. Pero un día, soplando vilanos, conoce a tía Yeska, una señora de rizos rubios que tiene varios paraguas y una ratonera para atrapar ideas y que, sobre todo, sabe lo que les gusta a los niños. De una cosa podemos estar seguros: Fabián ya no se separará jamás de tía Yeska.

Boy Lornsen con su acostumbrado tono jocoso —véase *Robi, Tobi y el Aeroguatutú* (MM111) y *Mi amigo el jabato* (MM74)— construye un asombroso relato, con los mínimos y más sencillos elementos, sobre la amistad entre un niño y una vieja encantadora, comprensiva, llena de recursos, libre de prejuicios, divertida, es decir, muy necesaria.

105. Annie M.G. Schmindt
BRUJAS, PRINCESAS Y COSAS ASÍ

El mundo de las brujas, hadas, princesas, dragones y gigantes es un mundo loco y, sobre todo, divertido. En este libro las brujas todavía montan en sus escobas, pero también van y vienen en coche. Hay un ángel que tiene miedo de los reactores, otro que es operador de televisión y una apasionante historia de «damas ultracongeladas».

Annie M.G. Schmindt, premio Andersen 1988 y autora de *Uiplalá* (MM39) *Minusa* (MM70), nos presenta esta serie de cuentos, llenos de humor, con gran picardía y ocurrencias graciosas, contados todos ellos con una extraordinaria expresividad.

106. Janosch
LUCAS COMINO

A Lucas no le gusta demasiado la escuela. Y piensa que cuando sea mayor será mago prestidigitador o gran jefe de una tribu india. Pero ni lo uno ni lo otro es fácil. Lucas prueba en su casa a imitar lo que hacen magos y jefes indios y no le sale. Pero Lucas lo intenta una y otra vez. Si consigue sacar maravillas de un sombrero vacío se inclinará por la magia. Si se le dan mejor el lazo y el caballo será jefe indio. Pero un día, por sus ensayos de magia y su interés por los misterios, Lucas descubre a un delincuente. Lucas será mago.

Janosch, excelente narrador y dibujante, y autor muy traducido a varias lenguas, hace de Lucas un personaje vivo, alegre y divertido.

107. Anne-Marie Chapouton
EL AÑO DEL ZARAGATÓN

El zaragatón es un extraño y misterioso animal que procede del Luberen, esa cadena montañosa del norte de Francia, refugio de jabalíes y otros animalitos. Los habitantes de Lourmarin vivirán una apasionante aventura al ser testigos de la presencia del zaragatón, el animal que ha sido protagonista muchas veces en la imaginación de todos los niños.

Anne Marie Chapouton nos cuenta una fábula disparatada, llena de frescura y salero con el fin de que los lectores rían, a más y mejor, con las situaciones tan divertidas que presenta, producto de su fino humor.

108. Brian Earnshaw
DRAGÓN 5 Y LA MENTE MAESTRA

Otra apasionante aventura de la nave espacial Dragón 5, con Tim y Sánchez y los demás protagonistas de la serie, que intervienen en el litigio acerca de la Lechuga Gigante de Padgett's, entre las Liebres Blancas y las Liebres Negras, bajo la poderosa influencia de la Mente Maestra.

Brian Earnshaw, autor de la serie de aventuras *Dragón 5,* consigue acercar la ciencia ficción a los jóvenes, creando unos simpáticos personajes y un seguido de situaciones emocionantes y muy fantasiosas que enmarcan la acción trepidante de estos libros.

109. Jean Cazalbou
FABRICIO Y LOS GUÍAS DE LAS SOMBRAS

Navidad de 1940. Fabricio vuelve a la granja de Luiseta. Pastor, su inseparable compañero de correrías, es el primero en darse cuenta de su llegada y ladra de alegría. Pronto llegarán también los padres del muchacho y, la vida, a pesar de la guerra, seguirá.

Fabricio descubre, en medio del bosque, una casa abandonada en la que se han escondido Myriam y su abuelo. Fabricio promete guardar su secreto y se hace amigo de la niña. El tiempo va pasando hasta que un día empieza la rápida ocupación de toda Francia por las tropas alemanas. Todos corren un grave peligro: Myriam y su abuelo por ser judíos, el padre de Fabricio por haber huido de un campo alemán...

Jean Cazalbou que tomó parte en la Resistencia contra los nazis y en la actualidad es periodista y profesor universitario, evoca en este relato la guerra, el exilio y la gran calidad humana de sus protagonistas. La historia está fuertemente enraizada en la región de los Pirineos franceses tan amada del autor.